GRANDES CLÁSSICOS

O Essencial dos Contos Russos

© Sweet Cherry Publishing
The Easy Classics Epic Collection: A Hero of Our Time. Baseado na história original de Mikhail Lermontov, adaptada por Gemma Barder. Sweet Cherry Publishing, Reino Unido, 2021.

Dados Internacionais de Catalogação na Publicação (CIP)
Angélica Ilacqua CRB-8/7057

Barder, Gemma
  Um herói do nosso tempo / baseado na história original de Mikhail Lérmontov ; adaptada por Gemma Barder ; tradução de Aline Coelho ; ilustrações de Helen Panayi. - Barueri, SP : Amora, 2022.
  128 p. : il. (Coleção Grandes Clássicos : o essencial dos contos russos)

ISBN 978-65-5530-422-0

1. Ficção russa I. Título II. Lérmontov, Mikhail III. Coelho, Aline IV. Panayi, Helen V. Série

22-6612	CDD 891.73

Índices para catálogo sistemático:
1. Ficção russa

1ª edição

Amora, um selo da Girassol Brasil Edições Eireli
Av. Copacabana, 325, Sala 1301
Alphaville – Barueri – SP – 06472-001
leitor@girassolbrasil.com.br
www.girassolbrasil.com.br

Direção editorial: Karine Gonçalves Pansa
Coordenação editorial: Carolina Cespedes
Tradução: Aline Coelho
Edição: Mônica Fleisher Alves
Assistente editorial: Laura Camanho
Design da capa: Helen Panayi e Dominika Plocka
Ilustrações: Helen Panayi
Diagramação: Deborah Takaishi
Montagem de capa: Patricia Girotto
Audiolivro: Fundação Dorina Nowill para Cegos

Impresso no Brasil

O Herói do Nosso Tempo

Mikhail Lermontov

HISTÓRIA UM

Maxim Maximych

O viajante

Pechorin

HISTÓRIA DOIS

HISTÓRIA TRÊS

Bela

Criado de Pechorin

O cabo

Homem jovem

Mulher jovem

Avó dos jovens

HISTÓRIA QUATRO

Grushnitsky

Princesa Mary

Princesa Ligovskoy

Vera

HISTÓRIA CINCO

Vulich

Yefimich

Maxim Maximych caminhava exaustivamente ao longo de uma trilha na montanha.

O velho puxava atrás de si um carrinho com tudo o que tinha. Seu grosso casaco de lã era o mesmo que ele usou na época em que serviu ao exército, muitos anos atrás. Desde então, ele tinha ido a muitos lugares diferentes. Mas foi para cá, para as montanhas nevadas do Cáucaso, que ele voltou.

Maximych avistou uma pedra acolhedora à sua frente e decidiu descansar.

Ele precisava chegar à próxima vila, mas ainda faltava um dia de caminhada e suas velhas botas do exército estavam machucando os pés cansados.

Maximych suspirou satisfeito quando descansou o corpo na pedra. Ele abriu o cantil de aço, mas, quando o colocou na boca, percebeu que estava vazio.

— Aceita, senhor?

Maximych deu um pulo e se virou. Se viu diante de um viajante muito bem-vestido montado em seu cavalo, com a mão esticada para lhe entregar um cantil novo e reluzente.

Maximych balançou a cabeça em sinal de agradecimento e pegou o cantil. — Para onde está indo?

Quando Maximych tomou água suficiente para matar sua sede – mas não tanta a ponto de ser mal-educado – ele respondeu: — Para a pousada na próxima vila.

— Parece cansado, senhor. Se quiser, pode engatar sua carroça no meu cavalo e viajar comigo. Eu também preciso parar em algum lugar para passar a noite. Você poderia me mostrar o caminho até a pousada que mencionou?

Maximych pensou por um momento.

— Creio não poder pagar pela viagem.
— Não vou cobrar por isso. Talvez possa me contar uma história de quando você estava no exército. O viajante apontou em direção às medalhas que brilhavam e estavam penduradas no casaco de Maximych — disse o viajante gentilmente, sorrindo.

Maximych, muito agradecido, concordou e amarrou sua carroça ao cavalo. Uma história era um preço baixo a pagar para poupá-lo de meio dia de caminhada. E, felizmente, Maximych sabia muitas histórias.

— Então, que história você tem para me contar? — o viajante o desafiou alegremente enquanto ele subia na carroça.

Maximych olhou para as montanhas enquanto andavam lentamente e pensou no tempo em que ele esteve abrigado em um forte próximo àquele lugar. Um dos oficiais no forte era um homem chamado Pechorin...

"Pechorin e eu frequentemente patrulhávamos a área juntos. Pechorin era um jovem oficial e parecia fazer amigos por onde quer que fosse."

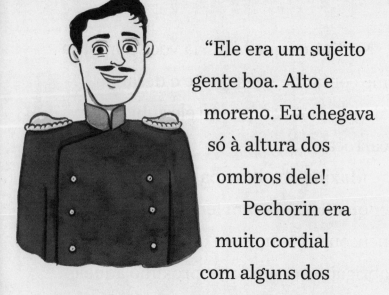

"Ele era um sujeito gente boa. Alto e moreno. Eu chegava só à altura dos ombros dele! Pechorin era muito cordial com alguns dos moradores do vilarejo. Quando foi convidado para um casamento, fez questão de me levar com ele. Nós nos sentamos a maior parte da noite com o comandante do vilarejo, e seus filhos Bela e Azamat. Apesar de Bela ser simpática e receptiva, Azamat a tratava muito mal."

"De maneira rude, não parou de dar ordens para que ela lhe trouxesse comida. E acabamos percebendo que a maior parte da família de Bela a tratava como uma criada."

"Em certo momento, Pechorin e Bela conversavam como se fossem melhores amigos. Foi quando notei que Azamat não estava lá. Logo, ouvimos sua voz se destacar entre os convidados. Ele estava discutindo com um sujeito grandalhão. A discussão era séria e poderia se tornar uma briga. Pechorin interveio e tentou acalmar os dois. Depois de algum tempo, parecia que a discussão não ia terminar nunca, e então achamos melhor partir.

No caminho de volta para o forte, percebi que Pechorin ficou sério e perguntei qual era o problema."

"— Estou preocupado com Bela, a filha do comandante. O irmão dela, Azamat, não é um bom homem — ele respondeu.

Tive que concordar, pelo que tinha visto no casamento. Pechorin continuou:

— Azamat estava discutindo sobre um cavalo. Acredito que o grandalhão, Kazabich é o nome dele, tem o melhor cavalo do vilarejo. E Azamat faria qualquer coisa para ficar com o animal.

— Entendi. Azamat quer comprar o cavalo de Kazabich, que não quer vendê-lo para ele — eu disse. Pechorin concordou. — Isso explica a discussão."

"— Mas não é só isso — Pechorin disse calmamente, olhando para a vila com um ar distante. — Azamat prometeu a Kazabich que, se ele comprasse o cavalo, forçaria Bela a trabalhar como criada para Kazabich. Mesmo assim, Kazabich recusou.

— Pobre Bela! — Que irmão horrível ela tem! — eu disse, balançando minha cabeça.

Não ouvi Pechorin tocar no nome de Bela ou nos moradores do vilarejo por alguns dias depois do casamento. Então, em uma manhã, Pechorin veio até mim e pediu um favor.

"— Kazabich está a caminho do forte. Ele está vestido com roupas de camponês, em vez de seu habitual e elegante uniforme do exército.

— Kazabich? — eu perguntei, surpreso.

Pechorin balançou a cabeça rapidamente. Ficou claro que ele estava com pressa para chegar a algum lugar.

— Kazabich acha que está vindo aqui para vender sua aveia para o forte. Preciso que você o mantenha ocupado pelo máximo de tempo que puder.

— Por quê? — Eu fiquei surpreso e confuso com o pedido.

— Porque vou roubar o cavalo dele! — Pechorin respondeu sorrindo.

Eu até me engasguei. As roupas de camponês deveriam ser um disfarce.

Mas antes que eu tivesse a chance de discutir com ele, Pechorin já havia partido.

"Eu vi Pechorin sair do forte e desaparecer na floresta. Não demorou muito para que Kazabich aparecesse no forte, procurando por mim. A princípio eu não sabia o que dizer. Não era meu trabalho comprar suprimentos para o campo. Mas eu tinha que fingir. Quanto mais eu falava com Kazabich sobre sua aveia, mais tempo Pechorin teria para concretizar seu plano.

"Como oficial do exército, não aprovei o fato de Pechorin roubar um cavalo, mas ele era meu amigo. Não queria que aquele tal de Kazabich o pegasse.

Depois daqueles minutos que pareceram horas, vi Pechorin voltando discretamente para o forte. Mas não trazia o cavalo. Em vez disso, ele estava acompanhado de Bela. Quando vi que meu amigo estava seguro, prometi a Kazabich falar com meus superiores sobre sua aveia e ele partiu bem feliz.

"Mais tarde, vi Pechorin caminhando pelo pátio, vestido novamente com seu uniforme. Ele parecia satisfeito consigo mesmo.

— O que aconteceu? Você pegou o cavalo? O que a Bela está fazendo aqui? —perguntei ao meu amigo, com os olhos arregalados.

— Tudo saiu de acordo com o plano, meu amigo — ele disse com um sorriso no rosto.

Pechorin começou a explicar. Desde o casamento, ele não conseguiu parar de pensar na pobre Bela e no quanto ela era maltratada por sua família. Quando os dois conversaram, ela confessou a Pechorin que desejava escapar do pai e do irmão.

"Pechorin então elaborou um plano. Ele foi ver Azamat e prometeu que o ajudaria a roubar o cavalo de Kazabich se ele permitisse que Bela deixasse o vilarejo.

— E ele concordou?

— Como eu disse, Azamat faria qualquer coisa por aquele cavalo. Agora ele tem o tão desejado cavalo e não se importa com o que acontecerá com a irmã.

— Onde Bela está agora? — perguntei.

— Pedi para o pessoal da cozinha cuidar dela. Ela terá seu próprio quarto e vai ganhar seu dinheiro. Ela está livre. — Pechorin me contou sorrindo.

"Enquanto eu estava feliz por Bela, me preocupava com o que Kazabich faria quando descobrisse que seu cavalo tinha desaparecido.

Mas meses se passaram sem uma palavra. Bela estava feliz em sua casa nova. Ela fez amigos, trabalhava muito e frequentemente passava as noites conversando com Pechorin, jogando baralho ou lendo para ele.

Acredito que ela pudesse estar apaixonada por Pechorin. E, apesar dele não ter demonstrado seus sentimentos, eu suspeitava que ele sentisse o mesmo por Bela."

O viajante não havia aberto a boca durante toda a história de Maximych.

— O que aconteceu depois? — ele perguntou, fascinado.

— É um final triste, eu lamento. Quando achávamos que tudo ficaria bem, Kazabich voltou ao forte. E sabia que Pechorin tinha ajudado Azamat a roubar o cavalo dele.

"— Então, ele esperou até Pechorin sair para fazer a patrulha e veio pegar Bela. Na cabeça dele, Bela lhe pertencia porque Azamat estava com o cavalo dele. Houve uma briga. Eu e alguns dos oficiais tentamos ajudar, mas Kazabich era forte. E Bela foi ferida.

— Ela morreu? — o viajante perguntou quase que sussurrando.

Maximych assentiu.

— Kazbitch escapou. Nunca mais vimos nem Azamat, nem ele. Logo depois, Pechorin deixou o exército. Eu não o vejo há quase um ano.

Houve um momento de silêncio entre eles. Maximych olhou para a estrada à frente onde ele viu casas e fumaça saindo das chaminés com o pôr do sol atrás delas.

— Parece que estamos chegando — Maximych disse.

— A viagem passou rápido — disse o viajante. — Você com certeza fez por merecer cada centavo de sua passagem. Essa história foi verdadeiramente extraordinária.

Maximych e o viajante apertaram as mãos quando chegaram à pousada e cada um seguiu seu caminho.

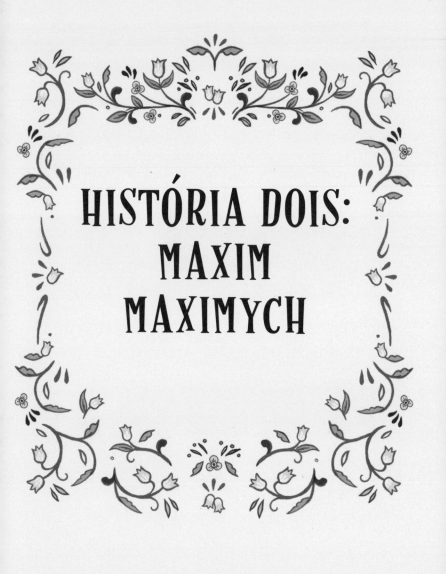

HISTÓRIA DOIS: MAXIM MAXIMYCH

Maxim Maximych olhou para o dono da pousada e suspirou. Ele acabara de saber que se quisesse um quarto para passar a noite teria que dividir o cômodo com outro hóspede.

— Muito bem — Maximych disse, ajeitando a bolsa em seu corpo e acompanhando o homem até o quarto.

Como a porta para o quarto maior se abriu, Maximych viu que o outro ocupante era o viajante que tinha dado carona a ele naquele mesmo dia.

— Desculpe-me por incomodá-lo de novo — disse Maximych, colocando sua bolsa na cama desocupada.

O viajante ergueu os olhos do livro que estava lendo e sorriu.

— Se não fosse por você, eu provavelmente não saberia sobre a hospedaria. Estou feliz em dividir o quarto.

Então, uma grande carruagem, maior que qualquer outra carruagem na pousada, parou do lado de fora. Maximych viu quando um criado elegantemente vestido saiu trotando da carruagem e começou a falar com o dono da hospedaria. E lhe entregou um saco de moedas. O homem acenou para o criado agradecido e correu de volta para a hospedaria. Seja lá quem estivesse dentro da carruagem, deveria ser um hóspede importante.

Maximych levantou-se e inclinou-se para fora da janela para ter uma visão melhor do interior da carruagem.

— Não pode ser... — ele disse, franzindo os olhos, concentrado. — Não acredito! É meu velho amigo Pechorin!

Maximych saiu correndo do quarto e alcançou a porta da hospedaria

bem a tempo de ver a carruagem vazia sendo levada para o estábulo. Ele olhou freneticamente no entorno tentando localizar Pechorin entre os hóspedes, mas encontrou apenas o criado da carruagem.

— Com licença — disse educadamente.

O criado estava carregando um grande baú para os quartos. Ele suspirou quando se virou na direção de Maximych.

— Sim? — o criado respondeu, impaciente. Ele parecia exausto.

— Desculpe-me por incomodar, mas o nome do seu patrão é Pechorin? — Maximych perguntou.

— Sim, é ele — respondeu o rapaz.
— Agora, se não se importar, preciso ir andando. O criado começou a arrastar o baú pelo corredor mais uma vez. Maximych correu atrás dele.

— Poderia dizer a ele que seu velho amigo Maximych está aqui?

O criado parou do lado de fora de uma grande porta. Maximych o encarou.

— Você tem sorte de ter conseguido um quarto — ele disse. — O dono daqui nos disse que eles estão todos ocupados.

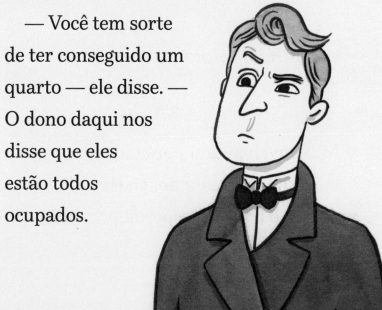

— Sempre há quartos para pessoas que têm dinheiro. Espere aqui.

— respondeu o antipático criado, bufando.

O homem desapareceu com o baú dentro do quarto. Maximych conseguiu ouvir vozes abafadas vindo lá de dentro. Um momento depois o criado abriu uma fresta da porta e enfiou o rosto pela abertura.

— Meu patrão disse que vai encontrá-lo lá fora em meia hora.

Maximych andou para cima e para baixo na frente da hospedaria. Estava escuro e frio. Ele esperou por mais

de uma hora e Pechorin não veio
encontrá-lo. E olhou para a janela
do quarto que estava dividindo
com o viajante. As luzes estavam
apagadas.

Enquanto chutava uma pedra
no chão, Maximych se perguntava
quanto tempo mais deveria esperar.

Sabia que ele e Pechorin não
eram considerados iguais. Pechorin
vinha de uma família rica, ele não.
Pechorin era jovem e forte enquanto
Maximych estava no final de sua
carreira no exército. Mas eles
tinham sido amigos duranteo tempo
que passaram no forte e Maximych
esperava que a amizade continuasse.

Sentindo-se frustrado e um pouco bobo, Maximych voltou para o quarto.

Na manhã seguinte, Maximych e o viajante preparavam-se para pagar a conta. Nesse momento, o viajante cutucou seu braço.

— Aquele é o cavalheiro que você estava procurando na noite passada? — ele disse apontando em direção à porta onde um homem alto e bem-vestido estava de pé ao lado do criado.

Maximych sorriu.

— Sim! É ele! — Maximych pagou sua metade do quarto e correu para alcançar Pechorin na rua.

— Pechorin! — ele gritou, quando o amigo estava para entrar na carruagem. Pechorin olhou ao redor. Quando viu Maximych, ele desceu lentamente.

— Maxim Maximych — ele disse com seu rosto impassível. — Meu criado me disse que você estava hospedado aqui.

— Ele disse que você me encontraria na noite passada — Maximych respondeu.

Pechorin limpou a garganta sem jeito, mas não deu explicação alguma.

— Está tudo bem, velho amigo? — Maximych perguntou. Ele de repente se perguntou se tinha ofendido Pechorin de alguma forma e era por isso que ele estava agindo tão friamente. — Você tem planos para o almoço? Talvez pudéssemos conversar sobre os velhos tempos juntos.

Pechorin se virou para sua carruagem novamente.

— Receio que não. Estou indo para a Pérsia e pretendo não voltar para cá nunca mais — disse, acomodando-se em seu assento.

Maximych se afastou, confuso e um pouco magoado. Havia uma última coisa que precisava fazer antes de Pechorin partir.

— Tenho uma coisa para você — ele disse. Remexendo em sua bolsa, tirou dela um diário esfarrapado de couro e bem grosso. — Você o deixou no forte.

Maximych estendeu para Pechorin o diário de couro, todo esfarrapado, que vinha carregando para todo lado havia meses. Pechorin olhou para ele por um momento, e acenou com desdenho.

— Eu não quero ou preciso disso mais — disse. Quando seu criado subiu e se sentou ao lado do cocheiro, Pechorin sinalizou para partirem. Ele nem se despediu.

Maximych sentiu uma onda de raiva, confusão e mágoa tomar conta de seu corpo. Ele havia acreditado que os dois eram amigos, mas agora soube a verdade. Ele foi rude e frio, e qualquer amizade que eles pudessem ter tido havia acabado. Maximych jogou o diário na estrada.

— Então aquele era o heroico Pechorin? — perguntou ao viajante quando ele saiu da hospedaria. —

Eu tenho que dizer, ele parece um cavalheiro, mas não age como um.

Maximych virou-se bruscamente, descontando sua raiva no novo companheiro. — Você é como ele. Rico o suficiente para usar pessoas quando lhe convêm. E deu então carona a um velho para se divertir um pouco!

O viajante recuou.

— Certamente não sou perfeito — disse ele com calma. E espero fazer as coisas por bondade, e não por interesse. Maximych soltou um longo suspiro. Ele sabia que o viajante não tinha feito nada de errado.

— Desculpe-me, senhor. Isso não foi justo da minha parte.

O viajante sorriu e abotoou sua capa. — Não deixe que isso o preocupe. Eu duvido que nos encontremos novamente, então vamos nos separar como amigos. O viajante virou-se para o estábulo para buscar seu cavalo.

Maximych olhou para o diário caído na estrada, e de repente se abaixou para pegá-lo.

— Talvez você goste disso duarante sua viagem — disse ele, limpando a sujeira do diário e entregando-o para o viajante. — É o diário de Pechorin. Está cheio de histórias, como a maravilhosa que eu lhe contei em nossa viagem até aqui.

O viajante hesitou. Não parecia certo ler o diário de outro homem. Mas Pechorin não parecia se preocupar com o que poderia acontecer com o diário. O viajante o pegou e acenou agradecendo.

— Muito obrigado, Maximych — disse ele. — Boa sorte.

HISTÓRIA TRÊS: TAMAN

Ao viajante, Maxim Maximych deu um ótimo presente. As histórias escritas no diário de Pechorin eram emocionantes. E lhe fizeram companhia durante a viagem e ele as compartilhou com os amigos e a família nos anos que se seguiram.

Um dia, muitos anos depois de
ter sido presenteado com o diário,
o viajante leu em um jornal que
Pechorin havia morrido. Ele sentiu
um tipo estranho de perda. Ele nunca
conheceu Pechorin, mas depois
de ler seu diário, sentia como se o
conhecesse.

Logo, o viajante teve uma ideia. Ele
publicaria as histórias do diário de
Pechorin para que o maior número
possível de pessoas pudesse lê-las.

E esperava que
as outras pessoas,
assim como ele,
gostasse delas.

8 de março de 1838

Depois de viajar por horas, finalmente conseguimos chegar à pequena cidade de Taman. Devo relatar minha nova postagem em alguns dias. O exército mandou um cabo para me guiar ao meu novo posto, mas ele não é muito útil. O garoto bobo não sabia que não havia hotéis ou hospedarias em Taman. Devo confessar que fiquei nervoso com ele. Eu estava cansado e com fome e nós não tínhamos lugar para amarrar os cavalos.

Felizmente, um jovem ouviu nossa conversa. Acho que ele deve ter por volta de quinze anos. E nos ofereceu a cabana de pesca de sua avó para passarmos a noite.

    Enquanto escrevo, consigo ouvir uma tempestade se aproximando. Receio que essa cabana seja tão velha e frágil que uma grande onda vai nos levar para o mar. O cabo não parece se importar. Ele adormeceu assim que se deitou. Mas alguma coisa está me incomodando. Algo parece não estar certo aqui.

9 de março de 1838

Meus instintos estavam certos. Enquanto eu estava acordado ontem à noite, ouvi passos e vi uma sombra do lado de fora da pequena janela. Pulei para ver quem era e vi o jovem descendo para a praia.

Ele olhou para a costa, virando sua cabeça de um lado para o outro para ver se ninguém o seguia.

Deslizei para fora da cabana para ver onde ele estava indo. Depois de segui-lo pela praia por aproximadamente cinco minutos, o rapaz se encontrou com uma jovem, alguns anos mais velha que ele. Eles estavam profundamente envolvidos em uma conversa.

— Onde está Yanko? — eu ouvi o homem jovem cochichar.

— Ele logo estará aqui — respondeu a moça. — Ele nunca nos decepcionou antes.

Depois de um tempo, um pequeno barco apareceu no horizonte, balançando perigosamente nas ondas. Assim que se aproximou da costa, um homem mais velho pulou e arrastou o barco para a praia. As três figuras sussurraram entre si.

Logo, tiraram caixas do barco e as empilharam na praia.

Seja lá o que o homem havia trazido, era pesado e eles não queriam que ninguém visse o que faziam. Devem ser contrabandistas!

Essas pessoas estavam trazendo coisas para vender em Taman e elas, claro, tinham sido tiradas ilegalmente de outro lugar. Eu deveria ter prendido todos eles naquele momento, mas estava escuro e eu estava desarmado e sozinho. Silenciosamente, voltei para a cabana.

De manhã, quando o cabo e eu estávamos prontos para sair, a dona da cabana chegou com o neto. Era uma senhora baixinha e mais velha. Seu cabelo era cinza-chumbo e a cara era séria.

— Você dormiu bem? — ela perguntou.

— Meu companheiro dormiu — eu disse. — Mas receio que fui perturbado por alguma coisa que aconteceu na praia. Eu olhei para o jovem que se levantou.

Uma cor rosa subiu por seu pescoço. — Desculpe-me dizer isso, mas suspeito que seu neto esteja envolvido em contrabando.

A velha senhora pareceu crescer enquanto endireitou as costas. Ela olhou nos meus olhos.

— Perdão? — ela disse, mas não esperou minha fala. — Eu lhe dou um lugar para passar a noite e você acusa minha família de contrabando!

O jovem estava agora olhando para o chão.

— Eu não posso negar o que vi — continuei firmemente. — Ele encontrou uma jovem e um homem chamado Yanko aqui na praia nas primeiras horas do dia. Eles descarregaram itens pesados do barco dele.

A mulher olhou para o neto.

— O que você e sua irmã estavam fazendo com Yanko de novo? — ela perguntou, acusadoramente.

Ficou claro que essa não era a primeira vez que o rapaz e a irmã tinham sido flagrados com o contrabandista. O jovem não respondeu à avó. Ela suspirou e jogou as mãos para cima. — Seja lá o que viu, nada pode ser provado, senhor guarda — ela disse, em tom arrogante. — E agora eu acho que está na hora de o senhor partir.

Não pude deixar de ficar impressionado com a velha senhora. Ela sabia que o neto estava envolvido em algo suspeito, mas não ia deixá-lo em apuros. Acenei com a cabeça e peguei minha bolsa.

— Obrigado por sua hospitalidade — respondi. — Talvez a senhora possa recomendar um lugar onde meu cabo e eu podemos tomar o café da manhã.

Eu queria que ambos soubessem que nós ainda não estávamos de partida. Se pudesse provar que algo ilegal aconteceu na noite passada, eu provaria.

O cabo era tão bom comendo quanto dormindo. Em um pequeno bar no centro da cidade, ele devorou seu café da manhã. Então, a jovem da praia entrou sorrindo e cumprimentando as pessoas que ela conhecia. Pulei da cadeira quando a moça se aproximou do balcão.

— Posso ajudá-lo, senhor guarda? — ela disse, olhando do meu rosto para o meu uniforme, e vice-versa.

— Sim! — eu respondi. — Pode me dizer o que você estava fazendo na praia hoje de manhã com seu irmão e um homem chamado Yanko?

A cor sumiu de seu rosto, mas ela não deixou seu sorriso escapar.

— Eu posso explicar tudo. Venha comigo até a praia e posso lhe mostrar.

— a jovem disse docemente, com um sorriso nervoso na voz.

Olhei para trás e decidi não levar o cabo comigo. Até agora, em nossa viagem, ele não provou ser uma companhia útil. Eu disse a ele para se encontrar comigo no centro da cidade em uma hora, com os cavalos prontos para partir. Então segui a mulher para fora do bar.

Ela não disse uma palavra enquanto nossos pés afundavam na areia fofa da praia. E foi em direção a um pequeno barco a remo.

— Aonde estamos indo? — eu perguntei. A praia estava vazia e não havia sinal de Yanko ou dos itens contrabandeados que eles esconderam naquela noite.

— Posso mostrar melhor da água. Vou mostrar onde escondemos tudo — disse ela subindo e abrindo espaço para eu me sentar ao lado dela.

Eu subi no barco. E não dissemos nada um ao outro enquanto ela conduzia a embarcação. Quando estávamos a uma boa distância, a garota apontou para um pequeno aglomerado de rochas.

— Lá. Aquele é o lugar onde escondemos tudo. Tem comida requintada, joias e todo tipo de coisas.

Quando eu me inclinei um pouco para o lado para ter uma visão melhor, senti as mãos da garota em minhas costas. Ela estava tentando me empurrar no mar!

Ela era forte, mas não mais forte que um oficial do exército russo. Eu consegui agarrar suas mãos e empurrá-la para longe de mim, mas

a luta fez o barco balançar de um lado para outro. Espirrou água por ambos os lados e quanto mais nós lutávamos, mais o barco se debatia. Em um piscar de olhos, caímos.

Com o peso de meu uniforme me puxando para baixo, bati meus braços e pernas o mais forte que pude. Concentrei-me muito para voltar à superfície e, em seguida, para a costa. Eu não consegui ver a jovem em lugar algum.

Enquanto eu me arrastava para a praia, meus pulmões pareciam que iam explodir pelo esforço de nadar. Eu respirava pesadamente, tossindo a água salgada e vasculhando o mar

em busca de algum sinal da mulher.
Foi então que eu a avistei, subindo no
aglomerado de rochas que ela tinha
apontado.

O alívio tomou conta de mim. A
jovem podia estar fazendo algo
errado, mas eu fiquei satisfeito por
ela estar segura.

Molhado e exausto, eu me deitei
de barriga para cima e olhei para
o céu. Devo continuar perseguindo
criminosos nessa cidadezinha?
Estávamos em Taman para fazer
um trabalho, não para capturar
contrabandistas. Talvez eu deva
deixar isso para lá, pensei na hora.
Suspirei resignado. E finalmente

me levantei e tentei secar minhas roupas, mesmo com o sol fraquinho. Sentindo-me úmido e exausto, fui encontrar o cabo.

Eu precisava descansar antes de partir. Então, nós dois voltamos para o bar.

Para minha surpresa, a velha e o neto chegaram algumas horas depois. Eles estavam à nossa procura.

As mãos do jovem estavam firmemente enfiadas nos bolsos e ele parecia descontente.

— Eu trouxe algumas coisas que você... anh... deixou na cabana — disse o rapaz entregando-me meu canivete e algumas das minhas medalhas.

— Isso não foi deixado na cabana! — vociferou a senhora. — Ele roubou. É a única razão pela qual ele ofereceu minha cabana para vocês passarem a noite. Ela cutucou o rapaz que pareceu querer que o chão se abrisse e o engolisse. — Eu disse a ele que se nós os devolvêssemos agora não haveria problema algum.

Eu não disse nada para nenhum dos dois.

Em silêncio, peguei meus pertences e me levantei.

— Acho que é hora de seguirmos nosso caminho, cabo, — eu disse.

— De qualquer maneira, ele teve sua punição — gritou a velha enquanto saíamos do bar. — A irmã dele deixou a cidade com Yanko.

Eu olhei de volta para o rapaz. E vi bem as lágrimas em seus olhos enquanto rapidamente ele as limpou com o dorso da mão. E percebi que era por minha causa. A jovem deve ter pensado que eu ia prendê-la, se não pelo contrabando, então por tentar afogar um oficial do exército.

    Apesar do jovem ter agido de forma errada, fui eu que comecei a me sentir culpado. Ao montar meu cavalo, olhei a cidade. Ficou claro que Taman não era um lugar próspero. Dois jovens fazendo algum dinheiro com mercadorias contrabandeadas não era o pior crime que eu já havia visto. Se tivesse feito vista grossa, a garota não teria deixado sua casa e a família. Movimentei meus calcanhares e o cavalo se pôs em marcha suavemente. Deixei Taman desejando nunca ter pisado ali.

HISTÓRIA QUATRO: A PRINCESINHA MARY

19 de março de 1838

Ficamos em Pyatigorsk por alguns dias. É um dos lugares mais agradáveis em que já estive e o lugar perfeito para esquecer tudo o que aconteceu em Taman.

Pyatigorsk é muita conhecida por suas águas de nascentes naturais. Diz-se que beber um copo de água diretamente da fonte pode ajudar a curar doenças e manter o corpo saudável.

Foi em uma dessas nascentes que eu me encontrei hoje. A fonte Elizabeth é cercada por belos arcos onde visitantes podem se sentar à sombra e aproveitar a água. Foi aqui que eu encontrei Grushnitsky novamente.

Grushnitsky é um cadete e, por isso, está abaixo de mim na hierarquia do exército. No entanto, sempre que nos vemos, ele age como se fosse o oficial comandante. Tem mais autoconfiança que qualquer homem que eu já conheci.

— Como você está, meu velho amigo? — disse ele segurando meu braço como se fôssemos irmãos. Isso me irritava. Nós não éramos velhos amigos. Nós lutamos juntos, e eu tinha dado ordens a ele, mas nós não compartilhamos uma refeição ou ficamos acordados até tarde conversando e trocando histórias como fazem os amigos verdadeiros.

— Estou bem, cadete — eu disse, lembrando-o de que ocupávamos posições diferentes. — Há quanto tempo você está em Pyatigorsk?

Grushnitsky sorriu.

— Tempo suficiente para conhecer alguns dos turistas — disse ele voltando o olhar para duas moças bem-vestidas ao lado da fonte. — Aquelas duas são a princesa Mary e sua mãe, a Princesa Ligovskoy.

Eu segui seu olhar. A mais nova era muito bonita. Ela era alta com cabelos claros e olhos azuis brilhantes. A mais velha tinha os mesmos olhos, mas seus cabelos eram cinza-claro. Grushnitsky

caminhou até as duas para cumprimentá-las.

Ele se curvou em reverência e as damas pareceram satisfeitas em falar com ele. Achei rude da parte de Grushnitsky não me convidar para

nos apresentar. Era o tipo de coisa que um cadete bem-educado deveria fazer por seu oficial comandante.

Mas estava claro que Grushnitsky queria se mostrar e manter a atenção da princesa para ele. Em pouco tempo, as duas saíram e eu fui forçado a voltar para a base militar com Grushnitsky.

— Vamos por aqui — disse o cadete pegando uma rota mais longa de volta à nossa base. — Podemos passar em frente à casa de férias da princesa Mary. Ela vai ficar lá por três longos meses!

Logo chegamos aos portões de uma casa grande e velha. Pudemos ver as duas princesas na sacada prontas para tomar um chá. A princesa Mary sorriu e acenou para Grushnitsky e sequer olhou em minha direção.

De repente, tive um pensamento terrível de que ela pudesse achar que, entre nós dois, eu ocupava a posição inferior. Eu é que deveria estar fazendo amizade com as pessoas importantes da cidade!

Por cima do ombro, Grushnitsky olhou de relance para mim, triunfante.

20 de março de 1838

Hoje descobri um outro velho conhecido também baseado em Pyatigorsk. É um médico chamado Werner e um amigo bem melhor que Grushnitsky. Fiquei contente por revê-lo e o convidei para o meu alojamento para um chá. Werner estava em Pyatigorsk há mais tempo do que eu, então perguntei sobre o quanto ele sabia a respeito de Grushnitsky e a princesa Mary. Werner riu.

— Temos aqui uma situação engraçada! — disse ele. — Grushnitsky é apaixonado pela princesa, mas sabe que ela não vai se casar com um simples cadete. De certa forma, ele conseguiu tornar-se amigo dela e da mãe sem revelar sua posição. Só posso supor que elas acham que ele é um oficial como você.

Fiquei chocado.

— E a princesa Mary? — perguntei. — Como ela vai se sentir quando a verdade sobre nosso jovem amigo for revelada?

Werner suspirou.

— Imagino que ela vá ficar bastante irritada.

Enquanto conversávamos, um plano começou a se formar na minha cabeça. Eu estava cansado do comportamento de Grushnitsky. Era hora de alguém colocá-lo na linha. Na verdade, eu estava tão focado no meu plano que só peguei o final da fala de Werner sobre a princesa Mary.

— Ela passará a primavera nesta casa com a mãe e uma amiga chamada Vera, de São Petersburgo.

Sentei-me ao ouvir o nome Vera. Certamente não poderia ser a mesma Vera que conheci há tantos anos.

— Você conheceu essa Vera? — perguntei tentando manter minha voz calma. — Como ela é?

Werner pensou por um momento.
— Ela é muito bonita, eu acho. Tem cabelos escuros e olhos verdes. E é mais baixa que a princesa.

Suspeita confirmada. Era a mesma Vera por quem me apaixonei há muito tempo, quando ainda era um jovem cadete e tinha apenas vinte anos. Nós nos conhecemos em um baile em São Petersburgo e eu passei a visitá-la em casa sempre que tinha permissão para deixar minha base.

Lentamente, nós nos

apaixonamos. Então, fui chamado para mudar para outra base. Nós nos despedimos e perdemos contato, apesar de eu nunca ter deixado de pensar nela. Ver Vera novamente seria algo maravilhoso. E agora sou um oficial! Posso mostrar a ela aonde eu cheguei.

21 de março de 1838

Hoje aconteceu. Finalmente eu vi a Vera novamente. Foi ao mesmo tempo o encontro mais maravilhoso e o mais doloroso também.

Mas, antes de escrever sobre isso, devo recordar como comecei a colocar em ação meu plano a respeito do humilde Grushnitsky. Eu estava na feira apreciando a vista e os aromas do lugar quando vi Grushnitsky, a princesa Mary e a mãe dela. Grushnitsky, em seu jeito de ser, estava acompanhando as duas pelas fileiras de barracas, explicando pomposamente do que se tratava cada item da feira.

Quando pararam para admirar uma barraca que vendia belos tapetes bordados, ouvi a princesa dizer:

— Oh, o vermelho com pássaros chineses é maravilhoso! Acho que vou comprá-lo. Naquele momento, aproveitei minha chance e me apresentei em voz alta para Grushnitsky. Então, a atenção de todos se voltou para mim.

Eu me virei para o dono da barraca, pedi para ele me trazer o tapete vermelho com pássaros chineses e o comprei sem nem parar para pensar. Então, despedi-me de Grushnitsky e saí sem dizer uma única palavra para a princesa ou sua mãe.

Percebi, com satisfação, que a princesa tinha franzido a testa. Ela me viu e certamente se lembraria de mim na próxima vez que nos encontrássemos. Eu tinha conseguido desviar a atenção dela de Grushnitsky.

E ainda estava sorrindo enquanto caminhava de volta para a base do exército. Assim que a princesa ficasse interessada em mim, eu, inocentemente, a deixaria saber a verdade sobre a posição de Grushnitsky no exército.

Fiquei tão satisfeito comigo mesmo que quase não percebi a figura caminhando em minha

direção. Era Vera. Embora tivéssemos nos conhecido havia quase seis anos, ela não tinha mudado. Ainda era a pessoa mais bonita que já vi. Ela ficou chocada ao me ver e se sentiu envergonhada quando a cumprimentei.

— Faz tanto tempo! — disse ela. — Eu não sabia se você ainda estava no exército, ou se tinha se casado... — e parou de falar.

— Eu não sou casado — disse sorrindo. — E você?

Vera assentiu. A essa altura, eu imaginava que ela estivesse casada, mas a verdade ainda machuca meu coração.

— Vou passar algum tempo com a princesa Mary e a mãe dela — ela disse.

— Então, você ficará em Pyatigorsk por alguns meses? — perguntei esperançosamente.

— Sim. Vamos todas ao baile militar amanhã à noite. Você estará lá também? — Vera perguntou e acho que vi um traço de esperança em seus olhos.

Respondi que sim e um momento de silêncio se estabeleceu entre nós.

Eu queria poder preencher aquele silêncio com tudo que queria dizer sobre como desejei que ela não tivesse se casado.

Em vez disso, nós dissemos um "até logo" estranho.

Esta noite meu coração dói por Vera. Mas saber que vou vê-la no baile amanhã me enche de alegria.

21 de março de 1838

Está tarde, mas eu não poderia dormir sem registrar os eventos dessa noite.

Todo mês o exército organiza um baile para toda a aristocracia local e para aqueles que visitam a cidade em busca da água de Pyatigorsk. É sempre um evento deslumbrante, com um salão de festas repleto de casais dançando e mesas cheias de comida.

Eu não perdi tempo e chamei Vera para dançar. Ela esteve em meus pensamentos o dia todo. Apesar de ter casado, o marido não estava com ela e não havia nada de errado em convidá-la para dançar, já que éramos velhos amigos.

Enquanto eu a segurava em meus braços, os anos desapareceram. Senti como se o tempo não tivesse passado entre nós. Enquanto dançávamos, Vera disse baixinho:

— Senti tanto sua falta, Pechorin.

E recostou a cabeça em meu ombro.

Eu fui tão arrastado por Vera que esqueci a real razão pela qual participei do baile. Felizmente uma oportunidade logo surgiu. Grushnitsky não tinha saído do lado da princesa Mary a noite toda; fazia careta e afastava qualquer outro homem que chamasse a princesa para dançar. Finalmente ele a deixou por um momento para buscar uma bebida.

— Você é muito atencioso com a princesa — eu disse juntando-me a ele à mesa.

— Ela não vive sem mim, Pechorin — gabou-se Grushnitsky. — Sou seu oficial preferido.

Eu ri.

— Mas você não é um oficial, Grushnitsky. Você é um cadete sem promoção à vista.

Grushnitsky ficou vermelho.

— Isso não é verdade — ele disse. — Eu poderia ser promovido a oficial amanhã. Na verdade, eles teriam que me promover se eu me casasse com uma princesa.

Eu encarei Grushnitsky enquanto ele enfiou a mão no bolso e tirou um anel. Não aguentei e ri de novo.

— Você vai pedir a princesa Mary em casamento? Você está louco? Ela nunca vai dizer sim para um cadete!

O rosto de Grushnitsky ficou vermelho de raiva.

— Veremos — disse ele enquanto enfiou o anel de volta no bolso e veio ao encontro da princesa, segurando as bebidas.

Então, eu me dirigi a um grupo de mulheres jovens que conversavam. Elas estavam admirando a princesa, mas logo a conversa azedou.

— Ela acha que é a mais bonita aqui — disse uma delas.

— E a mais bem vestida — disse outra maldosamente.

— Bem, teremos que dar um jeito nisso — disse uma terceira, rindo agressivamente.

Observei que as outras moças ficaram atrás da princesa, esperando até que ela pegasse seu ponche de frutas vermelhas das mãos de Grushnitsky. E aí, tropeçaram nela de propósito, fazendo-a derramar a bebida em seu vestido.

Eu tive que intervir.

— Com licença, princesa, sei que não fomos apresentados adequadamente, mas preciso lhe falar — eu disse. A princesa e a mãe olharam para mim chocadas.

— Ouvi essas jovens planejando perturbar a princesa Mary. Acredito que estejam com inveja de sua beleza.

A princesa Mary arregalou olhos e os voltou para as jovens.

— Isso é verdade? — perguntou a princesa Ligovskoy, mãe da princesa Mary.

As jovens ficaram em silêncio, e pareceram envergonhadas.

A princesa Ligovskoy ficou muito grata a mim e me convidou para um chá.

24 de março de 1838

Os últimos dias se passaram como um borrão. Na manhã depois do baile, enviei uma mensagem para Vera a fim de encontrá-la na fonte Elizabeth. Nós caminhamos e conversamos como nos velhos tempos. Eu não queria terminar nossa caminhada. Entretanto, eu tinha outro compromisso a cumprir.

Como prometido, eu fui ao chá na casa da princesa Ligovskoy e da princesa Mary. E fingi estar interessado em tudo que a princesa Mary tinha para dizer, mas era com Vera que eu queria passar o tempo.

A princesa Mary perguntou sobre minha família, meu tempo no exército e meus amigos. Até o final da visita não  havia muito o que ela não soubesse sobre mim. Eu queria tirar a atenção dela de Grushnitsky e consegui. Mas agora que Vera estava aqui, eu queria terminar meu plano e focar toda minha atenção. Decidi fazer o que tinha decidido vir fazer.

— Você tem visto muito nosso amigo Grushnitsky desde o baile? — perguntei.

A princesa Mary sorriu envergonhada.

— Não, mas tenho certeza de que ele vai aparecer logo — ela disse.

— Ele é um jovem muito bom — disse a princesa Ligovskoy. — Acho que ele vai pedir Mary em casamento, se puder ser dispensado de suas funções de oficial.

Finalmente tive minha chance de expor Grushnitsky e fiz isso.

— Funções de oficial? — eu disse inocentemente. — Mas Grushnitsky é apenas um cadete. Na verdade, eu e os outros oficiais não temos planos de promovê-lo.

A princesa Mary e sua mãe pareciam chocadas. Eu não fiquei

para ouvi-las discutir sobre as mentiras de Grushnitsky.

Em vez disso, despedi-me e a Vera me mostrou a porta. Antes de nos despedirmos, Vera sussurrou que ia escrever para o marido e dizer que não o amava. Ela soube assim que nos encontramos novamente que ainda sentia tanto amor por mim quanto eu por ela. Eu não poderia estar mais feliz!

27 de março de 1838

Fui desafiado para um duelo amanhã de manhã.

Quando Grushnitsky descobriu que fui eu quem contou para as princesas sobre suas mentiras, ficou furioso comigo. Ele me acusou de querer me casar com a princesa Mary. Tentei dizer a ele que eu não estava interessado na princesa Mary, mas ele não quis ouvir.

Grushnitsky exigiu um duelo e, como um homem de honra, não existe a opção de não ser aceitar. Sei que duelos são ilegais e especialmente errado para um oficial do exército participar, mas, se me recusasse, eu perderia o respeito dos outros cadetes e dos cabos.

Essa noite, eu pedi Werner para ser meu auxiliar — a pessoa para estar lá comigo caso alguma coisa ruim acontecer. Estou feliz por ter feito isso, pois Werner ouviu Grushnitsky e seu amigo planejando dar a mim uma arma sem balas!

30 de março de 1838

Meu tempo em Pyatigorsk acabou. Meus pensamentos de um futuro com Vera também. Por mais doloroso que seja lembrar, devo escrever o que aconteceu.

Werner e eu chegamos ao lugar onde Grushnitsky escolheu para nosso duelo.

Antes de começarmos, eu disse a ele que sabia de seu plano de me dar uma arma vazia. Vi seu rosto ficar pálido quando pus as balas na arma.

Tudo aconteceu em um piscar de olhos.

Grushnitsky não tem experiência com arma. Não havia chance de que ele pudesse me vencer. Apontei minha arma para a perna dele para que apenas o machucasse. Apesar de ter sido Grushnitsky quem me desafiou para o duelo, eu não queria que ele morresse por ser apenas um jovem tolo.

Quando voltei para a base do

exército, havia uma carta da Vera à minha espera.

De alguma forma, o marido dela descobriu que ela planejava deixá-lo para se casar comigo. Ela estava partindo com ele para São Petersburgo. O pânico tomou conta

de mim. Montei em meu cavalo e cavalguei desesperadamente até a casa da princesa Mary. Vera já tinha partido.

Fiquei devastado. Perdi meu verdadeiro amor e machuquei um jovem tolo, tudo em um dia só.

Entretanto, minhas preocupações ainda não tinham acabado. Quando voltei para a base, Werner estava me esperando. Ele me disse que um amigo de Grushnitsky havia informado meu comandante sobre o duelo.

E estou sendo transferido para um forte afastado, nas montanhas do Cáucaso.

HISTÓRIA CINCO: O FATALISTA

23 de julho de 1838

Essa foi uma das noites mais estranhas que tive até agora nas montanhas. Em uma pequena aldeia, não muito longe do forte, fiz alguns amigos. Eles gostam de jogar baralho, e eu, de ficar longe das antigas caras no forte.

A noite começou do mesmo jeito que muitas outras. Jogamos baralho e conversamos. Então, um dos homens começou a falar sobre predestinação. A crença de que tudo o que acontece em nossas vidas já está estabelecido para nós, não importa o que nós fizermos. Pessoalmente, não acredito nisso.

Mas Vulich, um dos moradores da aldeia acredita piamente nisso.

Coloquei vinte moedas de ouro na mesa, o que é uma enorme quantidade de dinheiro para um morador de um vilarejo. E disse a Vulich que, se ele conseguisse provar que a predestinação

era algo real, poderia ficar com o dinheiro.

Vulich alisou seu longo bigode e encarou as moedas.

— Você tem um acordo — disse ele com um pequeno sorriso. — Eu não acredito que esta noite seja a minha hora de morrer. Para provar isso, vou

atirar em mim mesmo. Se eu não morrer, então a predestinação é verdadeira.

Os outros moradores se entreolharam com preocupação. Mas eles não precisavam ficar preocupados. Quando Vulich puxou o gatilho, nenhum tiro foi disparado. Eu ri de dele e disse:

— Isso não prova nadaNão havia balas naquela arma e você sabia disso.

Vulich sorriu e apontou a arma para a parede. Um tiro ensurdecedor soou e um buraco apareceu na parede. Fiquei impressionado. Havia balas na arma o tempo todo.

Fiquei espantado! Talvez não fosse sua hora de morrer.

Com alegria dei a ele as vinte moedas de ouro, apertei sua mão com um sorriso e deixei os moradores do vilarejo aproveitando sua noite.

Muitas horas depois, fui acordado por meu amigo e companheiro oficial Maxim Maximych. Um incidente havia acontecido no vilarejo e eles precisavam dos oficiais do forte para ajudá-los.

Rapidamente, vesti meu uniforme e segui o major e minha tropa até a vila.

Lá, encontrei o grupo de homens com o qual tinha jogado baralho mais cedo. Eles pareciam sérios e seus rostos estavam cobertos de lágrimas.

— O que aconteceu? Onde está Vulich? — perguntei olhando para o grupo.

— Vulich foi morto por um homem chamado Yefimich. Ninguém sabe por que e Yefimich se trancou em sua pequena cabana e está se recusando a sair.

Eu me esforcei para assimilar a informação. Era triste que um amigo meu tivesse sido morto tão repentinamente, mas eu também estava em choque. Vulich estava tão certo de que esta não era sua noite de morrer.

Grupos de moradores começaram a se reunir em volta da velha cabana. Eu pude ver Yefimich andando de um lado para o outro.

— Qual é o plano? — perguntei ao major.

— Não podemos colocar ninguém dentro da cabana. Achamos que é possível que ele tenha uma arma, mas não podemos arriscar que mais alguém se machuque — disse o major, olhando em volta para a multidão que crescia.

Mas Yefimich era um assassino. Ele matou um homem inocente — meu amigo. Eu podia sentir a raiva

crescendo dentro de mim. Decidi que, se o major não fizesse nada, eu faria.

Esperei até o major se distrair conversando com o comandante do vilarejo e corri para os fundos da cabana para subir por uma janela.

Meu coração bateu forte enquanto eu, desajeitadamente, passei pela janela da cozinha. Yefimich estava preocupado demais com o que estava acontecendo na frente de sua casa para me notar.

Quando fiquei próximo o suficiente, pulei nele, derrubando-o no chão.

Ele era alto e magro, e não era muito forte. Ele disparou sua arma e eu senti a bala passando pelo meu ouvido e indo bater na parede atrás de nós. Não demorei muito para tirar a arma da mão dele e arrastá-la para seus pés.

Nós lutamos até a porta da frente da cabana, onde meus companheiros me ajudaram a amarrar as mãos dele.

O major me repreendeu imediatamente por desobedecer às suas ordens, mas eu sabia que ele estava aliviado por aquela situação ter acabado.

Lentamente os moradores do vilarejo voltaram para suas casas depois do evento perturbador e Yefimich foi levado para a cadeia mais próxima.

A adrenalina que percorria meu corpo foi diminuindo conforme eu me aproximei do forte. Então, caí

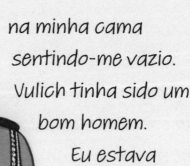

na minha cama sentindo-me vazio. Vulich tinha sido um bom homem.

Eu estava relembrando nossa última conversa sobre predestinação quando Maximych bateu à minha porta.

— Eu queria ver como você estava — disse ao entrar em meus aposentos. — Sei que você conhecia o homem que foi morto.

Era uma forma de Maximych se preocupar comigo. Ele é um bom homem. Acho que vou levá-lo comigo ao casamento no vilarejo para o qual fui convidado no mês que vem.

Maximych e eu conversamos por um tempo e perguntei a ele o que ele achava a respeito da predestinação. Mas Maximych não entendeu.

Talvez eu exija demais das pessoas. Pedir a eles para ser quem

eu acho que eles devem ser, em vez de quem eles realmente são.

Eu estava com raiva da desonestidade dos jovens de Taman quando o que todos eles queriam era ter uma vida melhor.

Agora a família deles está dividida. Eu achei que os planos de Grushnitsky eram errados e quis intervir. E o feri.

Agora estou sozinho. Vera, a pessoa que eu amei de verdade, foi tirada de mim. Nunca mais a verei.

Uma vez que meu tempo no exército acabou, acredito que o melhor a fazer, por mim e pelos outros, é viajar sozinho.

Dessa forma, serei o único afetado por minhas ações. Só eu sofrerei as consequências. Por enquanto, porém, continuarei tentando ser um oficial tão honrado quanto possível.

Pierre não é nada parecido com seu amigo Andrei, um rapaz bonito e decidido. Ele é desajeitado e tímido. Quando seu pai morre, deixando para ele uma grande fortuna, repentinamente ele se torna muito popular.

Enquanto a guerra se alastra pelas fronteiras de Moscou, a charmosa e jovem Natasha chama a atenção dos dois amigos, e Pierre precisa decidir o que ele quer e quem ele é.

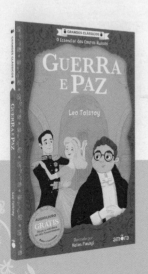

Será que Pierre finalmente vai encontrar a felicidade e Natasha decidirá a quem entregará seu coração?